同調とバランス

松井十四季

同調とバランス

僕は姪のシーちゃんに人体実験をする、たぶん被験者は僕だ。彼女は19歳の時に交通事故で死んで僕がそれを知ったのはボルネオ島のミリという町だった。

僕の仕事が忙しい時に彼女は生まれて暇な時に彼女が育った。彼女は僕の事をオジキと呼びなついていた。彼女が高校をサボった時はよくコメダで昼飯を食べさせてやった事を彼女の細くて粉を吹いた足の骨を拾いながら思い出していた。焼き上がった骨の顔の部分を僕は直視出来なかった。

「焼香だけでもお願いします」

加害者の息子である男、白髪交じりで60は超えているだろうか。

「アンタに言ってもしょうがないんだろーけどねえ」

僕は慇懃な演技でそう答えて姪の数多くいる友達の輪を見やった。白髪だらけの男は頭を上げなかった。僕の顔を見ないようにしているんだろう、卑怯なヤツだと思った。

「私の責任です、申し訳ありません」

敗戦の将と言えば聞こえはいいけど仲良くしたいともまったく思えなかった。もちろん、警察や弁護士から詳細に事故のあらましは聞いているから加害者の息子から聞きたい新事実などは何も無かった。19歳、死ぬには若いが人間として何も知らない年齢でもなかった。89歳の認知症が進んだ老人はシーちゃんを轢き殺した後も元気に生きていた。

「お父さんがやった事は許せないから」

「自分自身のせいだったと思っております。こういう事態になりましたのは」

「いや、そういう謝罪とかさ、そういうのじゃないから。周り見ろよ、あの子の友達の顔とか親とか弟とかの顔」

白髪の男は顔を上げてゆっくりと周りを見た。ここはどこだろう、違う星に連れてこられたような表情だった。それでも直ぐに神妙な顔を取り戻した。なんか謝り慣れてる仕事の部署にいたなと僕は感じた。だからといって初老の男に特別な感情は無い、認知症の父親が隣の家の暖気中の車を勝手に乗ってあの子を引き裂いた。この息子だってやれる事はやっていただろう。真面目な会社員で家族がいて、離れた場所に年老いた父親がいて。このオッサンを責めてても何も嬉しくない。僕の母親や父親なんかは徹底的に訴えてどうにかしてやろうと、殺してやろうと息巻いていたけど。何もかもが手遅れだった。

「焼香だけして帰ってくれる？　でも本気で焼香してくれよ、死んだあの子は僕の姪ですごい良い子だったんだから」

「はい、ありがとうございます」

僕の側の何人かの親戚は睨みつけるような視線で白髪の男を観察していた、あの子の友達はただざめざめと泣くだけの人形みたいで白髪の男を無視した。僕はどちらかというと親戚というより後者の心情だった。

加害者の息子の焼香を全員が凝視した。本気で憎んでいた親戚は少なかったと思う、感情の向かう先がどこにも無かったというのが本音だった。

僕は家に帰ってみんなで泣きはらす気分にもなれず、両親には自分のマンションに一旦引き上げるとだけ告げた。それから遠方に住む未婚の妹と帰りの飛行機の話をし憔悴しきった姉には事務的な挨拶だけした。本気で姉夫婦が自殺でもしないか心配もする。それからタクシーに順次乗り込む列に並んだ。何列か前に白髪の男が申し訳なさそうに立っていた。加害者側の癖にタクシーなんか乗りやがってと露骨な態度をとる親戚もいたが、ここから帰るのにタクシー以外でどうする事も出来まい。やがて順番が来てタクシーの扉が開いたけどその男と同乗しようとする人間は誰もいなかった。どうも僕はしっくりしなくて姪っ子が高校時代に怒っていたイジメ問題を思い出した。僕は列から抜け出て白髪の男が乗るタクシーに乗り込んだ。

「駅まで行くんだろう?」

「ええ、まあ」

運転手は横柄な僕の口調と体格で神妙に黙っていた。白髪の男は少し緊張した顔でじっと僕の顔を見つめた。

「とりあえず駅、出せ」

僕はそれだけ言うと黙って座った。駅まで20分くらいかかる、それまでに深い秋の色に染まった桜並木が目に飛びこんできた。この5日間はろくに寝ていなかったし風呂もまともに入ってない。この男はどうしていたんだろうと不思議に思う。それからボルネオ島のミリから1日で帰国出来たのは良かったなとか考え、クアラルンプールの空港で食べたバーガーキングの塩味を思い出していた。気が動転していたんだろう、そのワッパーにつけられた塩味はコーヒーのように苦かった。

「連絡、受けてどう思った？」

「えっ、はい。驚いて、ただそれだけで。申し訳なくてどうしたらいいか分からなくて」

「僕もそうだよ、よく分からなくてな。母親にとっては初孫だったし、うちの家族のお姫様だったんだ」

「本当に何と言っていいのか申し訳ありません」

「ボルネオから飛んできたんだ、知らせを聞いて今でも信じられないし分からない」

「海外からですか」

「イスラム教の土地だったからな、酒が無かった。帰ってきたらもう忙しくて」

「はあ」

「おっさん、飲みにいかないか？　今から」

「えっ、と」

「一杯付き合えってんだよ。正直これから会う事も無いだろう、特に僕とはさ。まあ賠償とか裁判とか僕はあまり関係しないし知らないしな。別に恨み言をつらつら言う気分でもないんだ、ただ飲みたいってだけだ」

「じゃあ、分かりました」

嫌な予感しかしていないだろう加害者の息子は被害者の叔父である僕の目を不安げに少しだけ覗き見た。それからタクシーは駅裏にある盛り場の中心に向かった。お酒が欲しかった僕は適当に見つけた騒々しそうな焼き鳥屋の暖簾をくぐった。陰気な顔で店主にはじっこの席で良いのか聞いた。

「焼酎2杯くれ」

僕はやっぱりそれなりにゴッホの油彩みたいな顔をしていたのだと思う、店主は抑揚を抑えて注文を聞いてくれた。

「今更だけど飲めるのか。アンタ?」

「はい、大丈夫です」

「言っとくけどアンタのおごりだからな」

「ええ、もちろんです」

「身なりもいいし貧乏でもないんだろう」

白髪の男は黙って頷き僕も石のように黙った。とにかく陰気な部分を少しでも拭いたい、この表面に流れる動物のような重い皮膚を剝がしたかった。焼酎が運ばれてきて僕は一息で飲み干す、彼は一口だけ飲んだ。店員にお代わりを頼み焼き鳥を適当に持ってきてくれと頼んだ。

「無理にとは言わないけどな、飲めるなら全部飲みなよ」

僕は彼のコップに溜まった焼酎を血が回って潤んだ目で見つめた。彼はすぐさま飲み干した。焼酎のお代わりは2人同時に運ばれてきた。僕は2杯目の焼酎も一気に飲み干し目の前の男を見つめる、彼も同じように飲み干した。

「酒、強いんだなあ」

僕は感慨も無く音声案内のように言って彼の父親を思い描く、僕の姪を殺した男の姿だ。生気も無く視点も無く、自分が人間なのかも分かっていない様子だった。事故って何だったんだ、運命だった。ふと目の前の男が父親とお酒を酌み交わす情景が浮かんだ。憎らしいがその感情すらも砂塵のように時間に飲み込まれる。黙って電子タバコを咥え、灰皿を相手にも勧める。

「どうしょうもねえな」

僕はそう言いながら心の底をすくうように本当にどうしょうもないと思った。人生で初めてこんなにどうしようもない事があると知った。あの子を轢き殺した男はもう人間らしい意識が無い、犯人の資格が無いのだ。いわば赤ん坊のようなものかもしれない。赤子と認知症老人の差なんて、未来があったか過去があったかの違いだろう。どちらも現在なんて知れている。白髪の男はセブンスターを咥えた、それを羨ましそうに僕は見ていた。こんなガラの悪い年下の男と焼酎を飲むなんて嫌だろうなとは思う。

「医者が言うには打ち所が悪かったらしいんだ。頭の内出血で死ぬんだよ、そうなんだってさ。見た目は全然普通なのにな」

「申し訳ありません」

「なあ、別に謝ってほしいって酒飲んでるんじゃあないんだわ。これは儀式的というか何となくケジメで飲んでるだけだから。アンタだって謝って済むとか思ってる訳じゃあねえんだろうし」

「それでも身内、父親の起こした事故ですから」

「アンタに直接責任を取れなんて僕は思ってない。これは誰にも責任が取れない話だから、それは分かってるでしょう」

「申し訳ありません」

「もうそれ止めて」

「はい、でも何と言っていいか」

「アンタさ、名前は？」

「志賀と言います、志賀光輝っていいます」

「そうか、シガさんか。僕は犬飼忠正、苗字で呼んでくれていいよシガさん」

3杯目の焼酎を大きく飲み湯気の出たレバーを食べた。美味しかった、6日ぶりに味が分かった。

「親父さんボケてたんだろう、何で引き取らなかったんだ?」

「家内と親父のソリが合わなくて。言い訳に聞こえるかもしれませんけど父があんなに進んだ認知症になっていたなんて知りませんでして」

「言い訳にしか聞こえんね」

「そうです、私か弟が引き取っているかもっと早く施設に入れておけば良かったんです」

「別にいいよ、もう。それを言い出したらよう、あの子の打ち所が5㎝ずれてたら助かってた。あの子が家を出る時間が5秒早かったりしたら生きてた。僕の姉貴があの子を生む時に5秒だけ早くいきんだら今も生きてたかもしれない。何でクソカスのボケ老人に可愛い姪を轢き殺されなきゃいけないのかよ、くそっ」

「おっしゃるとおりです」

「言い方悪いけどな、カスのボケ老人がクルマなんか乗るなよ」

「そう思います」

「絡んで悪いな、でもそんな言い方でもしなきゃな、今晩はどうも乗り切れないんだよ。本当はアンタもアンタのボケた親父さんもどうでもいいんだ、憎いともあんまり思わない。タイミングが悪くて、それがどんなに悲しいかってな。まあそんだけの話かもしれないわ」

「心中お察しします」

「何でこんな事になったんだろうなあ。恨みとかそんなじゃなくてそう思うんだ。僕の両親や姉はめちゃくちゃになってる。誰をどうしたら気が済むのかすら分かってないんだ。僕はな、冷静な方なんだぜ」

「だと思います」

「不思議な感じだよ、マジで。何がどうなってるのか理解出来ない。神様とかそういうのが支配してる感じがするぜ」

酔いが少しだけ回って体を浮かせるような快楽を僅かに感じた。優しくて顔の無い天女に支えられているような感じだった。僕は真っ黒なネクタイを緩めて初めて自分が喪服を着ている事に気づいた。でもいつその黒い服を着込んだのか全く思い出せなかった。しばらく黙って酒を飲み湯気立つ鳥の心臓を食べた。

「気分を害されるかもしれませんけど」

「何だよ、別に害さないよ」

「私、実は母親を交通事故で亡くしましてね」

白髪の男は大きくため息をついた。彼の吐息からは甘い発酵臭が漏れた。僕は小さな赤い手で心臓をひどく鋭敏に摑まれた。

「大学生の頃でした。相手は若者です、速度の出しすぎかハンドル操作ミスなのかよく分かりません。母親は即死でぶつけた相手も壁に激突して4人全員が1週間以内に死にました」

「気の毒だったろうな」

「なんというか、どこにも向けられない気持ちがあるってやるせないっていうのは分かるんです」

「そうか、どうしたらいいんだ。誰に何を言えばいいんだ」

「私も分かりません、またこんな日が来るなんて思いもしませんでしたから。私も誰に何を言えばいいのか分からないんです。母が事故で死んで父が事故を起こして」

「意味が分からんな、人生は」

「本当にそうですね」

そう言って志賀光輝は焼酎を少しついばんだ。肉は食べなかった。僕は一種荘厳なオーケストラの内部にいる気がした。分厚いコーデュロイで出来上がったオペラハウスの内装、二重で気密したる扉を押しのけた誰かの細い腕、音というより振動に近い高音と低音、引き千切る美しさを奏でるヴァイオリン、指揮者が背負う漆黒の燕尾服、槍のように細いドレスに鉱物油脂で固められた頭、観客は屍蠟のように静寂した物体で幼い子らは石膏のように大人しい。僕はその右端にある出入り口付近で座りながら薄暗さに満足する、それで思う、何でこうなったんだろうと。何で光を感じているんだろうと。目の前の志賀も同じ思いなのだろうかと。

「僕の親戚はアンタを憎むよ、人間扱いしない罵詈雑言を永遠に語り継いでいくよ」

「覚悟はしています、当然だと思います。私だって未だに母親を轢いた犯人に好意なんか持ってない。徹夜で海に行って遊んだ帰りだった、どうしてそんな状態で運転したんだ、誰がさせたんだ。犯人の家族や友人にも良いイメージなんか無いです、40年経った今でも時々ですけど怒りに震えます。あの時の死んだ犯人たちの家族も同じように複雑な思いを持っているんだと思います」

「僕らはもう会わないだろう、でもお互いに相手の事をずっとどこかで考えて死んでいくんだろうな」

「ひとつ聞きたいんですけど、何で私を飲みに誘ったんですか？　普通はそういう事はしないでしょう」

「さて、僕がお酒を飲みたかったって話だろうな。でも今のやつれた家族と飲みたくは無いし、気軽に何も知らない友人と飲む気分でも無かった」

「でも私は犯人の息子です、あなたから言えば憎むはずでは」

「さあな、死んだ姪はな変わり者だったんだ、でも正義感も強くてね。あの子ならこういうことするかなって思ったからかもしれない。どちらにしてもシガさん、アンタは普通の人だ、特別じゃないよ。たぶん良い人だろうし友人も家族もいるだろうし、そういう普通の人だし、悪人でもないんだと思う。今回の事件だって僕個人で言えばさ、アンタの父親がそこまで悪いとも言い切れないよ。認知症で隣の家の車を勝手に乗っていっちまうくらいだもんな。そんな人がな、ただな、何だか空しくてな、自分が架空の人間になっちゃったような気がするんだ」

「信じてもらえないかもしれませんが心から詫びたい気持ちと申し訳ない気持ちがいっぱいなんです」

「謝罪とかもういいよ、言葉では無理な部分がある」

「それでもごめんなさいと言わざるを得ません」

「冥福だけは祈ってやってくれ、あの子は変わり者だったけど人気者でもあったんだからな」

「はい」

「アンタが悪い人じゃないって分かって良かったよ、それが知りたかったかもしれない。あと一杯だけ飲んで解散しようか。アンタもこんな不良の若造とだらだら飲みたくないだろうから」

「いえ、謝る機会を作っていただいてありがとうございます」

僕は4杯目の焼酎を飲み干すと直ぐに席を立ち店から出た。志賀とは店の前で別れた、彼はいつまでも頭を下げて僕を見送った。あんな男はどうでもいいんだ、もうどうでもいいや。無邪気に笑う姪の顔が浮かんだがそれを汚く鋭い爪で引き裂いて繁華街の空に捨てた。

もうそろそろボルネオ島のミリに帰ろうかと思っていた頃に連絡が来た。電話の通知を見て軽い不安を覚えた。姉が僕に電話をよこすなんて滅多に無い事だった。

「あんたさ、シーちゃんの遺品分けでポンを貰ってくれない？」

「あの犬ロボットの？」

「シーちゃん可愛がってたの知ってるでしょ。それに元々はあんたが買ってきたんでしょうに」

「でもいいの？　シーってポンをすげー大事にしてただろう」

「まあでもロボットだしね、何だかシーちゃんがそうしてくれって言ってる感じなのよ。言いそうでしょ、ポンをオジキにぃいっとか。まあそんな訳だからどうする」

「貰いにいくよ。あっ、いや良かったらさ送ってくれないかな、着払いでもいいから」

ポンという犬ロボットを可愛がるシーちゃんを見たら大概の人は変だと思う。僕からしたら見慣れた風景なので違和感はないのだけど初めて見れば彼女がそのロボットの愛犬ポンを溺愛する姿は異常に感じるらしい。

彼女の竹馬の友と言える愛犬ポンを買ってやったのは僕だった。その当時に株をやっていた僕は70万円くらいの儲けが不意に入った。ちょうどその時にポンが販売された、20万以上はしたと思う。今になると家族や親戚にそんなに高価なプレゼントはした事が無かった。母親や父親にもせいぜいネクタイや香水がいいところ、でもシーちゃんの誕生はふとしたフィーバーだったのだ。両親も初孫の為に近場にマンションまで買ってしまう始末であった。だからその熱に僕も浮かされたってのがあったのだ。そしてそのプレゼントには僕の企みもあった。生まれて直ぐの赤ん坊に精巧で緻密なロボットを本物の犬として与えたらどうなるだろうというものだ。カルガモは機械でもスリコミが出来るらしい。スリコミとは初めて見た物を親と思う動物習性である。例えば水鳥のある種類は自己防衛の為か初めて見た物を親だと思い追いかける特徴がある。それをもし人間の赤ん坊ですればどうなるんだろうと単純に思った。もちろん血の繋がりはなくても世話をすれば関係は構築されていくのが人間なんだけど、一見してロボットと分かる物を生物と同様に与えればどうなるんだろう。その興味と小さな家族に対しての見栄が購入に踏み切らせた。

僕のそんな本意はまるで話さずにロボット犬のポンを彼女に買い与えた。ポンは高価なだけあってかなり実物の動物に近かった。実際になつくし、こっちが寂しい時には寄ってきてくれたりもするし、一人でもボールで遊んだりする。だけど幼稚園児くらいでも本物の犬ではないのは直ぐに判別がつく。外皮はプラスチックだしモーター音はする、目もセンサーだしドッグフードも食べない。エサ代はかからず抜け毛も無くよだれを垂らさないのが利点だけど動物ではないと僕は思ってしまう。誰だってこれはロボット犬だと言う。一度でもシーちゃんはそうじゃなかった。愛情を込めてロボット犬のポンと接していた。一度故障した事があったがその時の彼女の動揺は今思い出しても頬を天使に引っ張られてしまう。故障は保証期間内という事で直ぐに直ったけど宅配便に飛びついて段ボールを開ける彼女の顔のほころびは愛犬が蘇ってきたそれだった。

僕が実家に居てシーちゃんがよく預けられていた期間、彼女が小学4年生になるまでしか知らないけどシーちゃんはいつもポンを傍らに置いていた。動作を滑らかにするシリコンスプレーを購入したり除菌スプレーで拭いたりとポンを入念に手入れしていた。僕の他愛無いのか重大なのか知らない実験では彼女はロボット犬を完全に本物の犬として扱っているように見えた。

　ほどなくして宅急便で実家にポンは送られてきた。大きな段ボールとプチプチに包まれた彼を見ても僕は単にオモチャにしか思えなかったけど開封に立ち会った僕の両親は「よく来たね」とか言って涙ぐんでいた。ポンは忘れ形見に昇格したのだ。それまでポンを好意的に捉えていた人は少ない。僕は便宜上ポンを本物の子犬と同様に扱ったけど、彼女の両親も弟もポンを半ば無視していた。まあ弟の方はイタズラをポンのせいにする事は多々あったけどな、でも弟の方は精巧な犬ロボットだと思っていただろう。

　こうして僕は正式にポンの飼い主になった。ポンはシーちゃんの親友だ、両親やどの友人たちより彼女と時間を共にしてきた。その事実に対して感慨とこの世から偶然消えてしまった彼女への思いで僕はポンを愛する事に決めた。箱から出してスイッチを入れるとピコピコと目が光って起動音がした、どうやら喜んでいる様子が見て取れる。起動すると必ず喜ぶ、これがポンの特性だった。もちろんポンと僕とは旧知の間柄である、でも起動すると喜ぶなんて完全に忘れていたのだ。そして勝手に歩き出して首を小刻みに振る。

「ポンッ」

「おい、ポンッ」

僕がそう言うと彼は自分がポンだと認識しているので声に反応する。１時間ほど一人でポンポンと喋り続ける、20年近く前の機械なのに良く出来ていた。ＡＩも入っていて学習機能もある犬だった。彼は小刻みに震えてはモーター音と共にどこかに旅立つ、多くは廊下だった。廊下が好きなようで彼は隙あれば廊下に出ようとする、どうも謎の多い行動だった。

ポンは喋る事も出来なくてワンかクンしか話さなかった。ワーンもクーンもある、でもワかクかンの組み合わせしか使えない。不意にワンワン、クーンと鳴く事がある、１日か２日に１回程度だけどそんな鳴き方のパターンがあるんだと思った。ロボット犬だけにわんパターンかと思い込んでいたので面白い誤算だった。生活のリズムがあるのにも驚いた。ポンは夜型だった、深夜まで充電ＢＯＸに座らずにうろうろしている、どうも明け方から昼前までを充電の時間にしているようだ。これは大学生のシーちゃんの行動パターンに影響されているのかもしれないなと思う。

自分のマンションでポンを放し飼いにしてから数日は落ち着かなかった。何というか勝手に扇風機やエアコンがＯＮになっているような感覚なのだ。意識外で部屋の何かが動くというのも独身の僕にはこたえるものだった。それでも５日目くらいからポンのモーター音への意識が無くなり謎の目の発光も気にしなくなった。昼間は部屋のどこかで1時間に1回くらいのモーター音と無意味なワンワンが当たり前になった。

「へえ、まだ動いてるんだ」

保育園の先生をしているミチコが珍しそうに叫んだ。ミチコは高校時代の後輩で元カノという立場だった。でもセフレなのか飲み仲間なのかはどちらとも微妙と言えた。僕に恋人がいる場合でも逆の場合でも年に数回は一緒に食事したり酒を飲んだりした。異性の親友と言えばそうだろうと思うし離婚したかつての妻と言えばそうだろうとも思える。どちらにしても20年間も知り合いなんだから気楽は気楽だった。

「名前は？」

「ポンっていうんだ」

「ポンっポン、おいでおいで」

ミチコがそう言うとギーシーと小さな音を立ててポンはミチコに寄り付いていった。僕が呼んでもそんなに直ぐに寄ってこないのに、やはりポンはオスなんだと思う。ミチコはお手をさせたりチンチンをさせたりしてた、ポンはジージーと音を立てながら動いていた。

「そんなに言うこときかないヤツだよ、ポンは」

鍋の白菜を切りながらお世辞も兼ねて僕はミチコにそう言った。ミチコは得意そうにポンのあご下をくりくりといじった。

「ねえ、どしたの？」

「なにが？」

「このポンよ、買ったの？　中古？」

「いや知り合いから譲ってもらったんだ。でもどうも懐かなくてね、ミチコに懐いてる」

「先輩、前の飼い主って女の子でしょ？」

少し勘繰るようでいて湯気の出る笑顔を僕に向けた。どうも僕の恋愛事情に詳しくなくてはならないミチコ嬢の癖だった。

「女の子ってかイトコだよ、もういらないってんでね。ペットでも飼おうって思ってさ」

「ロボットよかトイプーの方がいいでしょ。まあ先輩はヘビとかワニの方が似合ってそうだけどねえ。でも未だに動いてるって凄いなあ、私が買ってもらったのって4年くらいで下半身不随になったわ」

「修理しなかったのか？」

「久々に起動したら下半身が痙攣して動かなかったの。んで修理費用が高いからやめたわね。でも懐かしいわあ、あんまり古いって感じないなあ」

「元々高級品だから今でもあるんだろう」

「さあ、ロボット犬なんてのもブームだからねえ。今は流行ってないわよ。今でもロボット犬を飼っている家なんて相当レアよ。これだって何回も修理してるだろうし」

「そうなのかなあ、そんな話は聞いてないけど」

「モーターやバッテリーが20年も持つ訳ないでしょう。今動いてるのって相当に手入れってか整備された子よ」

「詳しいなあ、ミチコ」

「そりゃあねえ、私も名前付けて可愛がってたから。修理も真剣にしようかと悩んで色々と調べたものよ」

「なあ、コレってＡＩが入ってるんだろう？　修理したらデータは消えるのか？」

「バックアップがあれば大丈夫でしょ、定期的にメモリを交換するとか。まあ今でも修理してる所はあるみたいだし。マニアなんかはメモリ増設したり家電と連動させたり簡単な会話を出来るようにしたりしてるみたいよ」

「へえ、じゃあポンを改造したらテレビの録画とか室温を下げろとか命令したらやってくれるのか」

「改造すればね」

「面白いな、してみようかな」

「えっ？　可哀想でしょう」

僕は少し首をひねった。ロボットに可哀相とは思えない、洗濯機をより便利で高機能に改造するのが可哀相なんだろうか。

「まっ、そうだなポンが可哀相だな。だよな、ポン」

僕はポンに問いかけたけどポンは無視してミチコの股間に顔を突っ込んでジージーやってた。ミチコはそのポンを抱きかかえて彼のわきを中指で撫でた。ポンが行う喜びの表現ククーンを示した。ほう、こうやればククーンが出るのか。

「おっ喜んでる喜んでる」

「扱いうまいなあ」

「いや、ポンがお利口さんなのよ。ねーポンちゃん」

「ククーン、ククーン」

「ホラね。でもこのＡＩ育ってるなあ。前に飼ってた人って相当長い事このポンちゃんと過ごしてたでしょ」

「まあ発売当初からだからなあ」

「んで何で手放す事になったの？」

「ああ、結婚するから要らないんだって。新居がペット禁止のマンションらしいから」

「マヂかっ、くぁいそーだねーポン」

「ククーン」

一通りのやり取りの後にミチコと自家製のキムチ鍋を食べて酩酊するまで飲んだ。ミチコは昔飼っていた懐かしさを思い出すのか帰り際の玄関までずっとポンと遊んでいた。ミチコが帰って僕は直ぐに食器を洗いトイレ掃除をした。それから風呂に入って珈琲を飲んだ。ポンは所在無さ気に歩いて回ったり匂いを嗅ぐふりをした、寂しいのだろうか。その日は酔っていたので早めに寝た。深夜になって尿意で目が覚めてベッドから抜け出るとポンはテレビの前で首を傾げていた。

僕はそれを無視して透明な小便を洗いたてのフレッシュな便器に撒き散らした。犬って本来は夜行性なんだろうかとトイレの白い壁にねじ込まれたステンレスのプラスねじを見ながら考えた。もう一度ベッドに入る時にもまだポンは真っ黒なテレビ画面を見ながら首をひねっていた。

ネットでポンの改造法の作例を調べていた。大掛かりなモノはカーナビや音楽と連動させるのは勿論、メールの簡単な返信や会話まで出来るようになるものもあった。だがそこまでするのは技術もお金も桁違いにかかる様子だった。僕の生来の癖かもしれないが持ち物をカスタムしたくなる病気があった。どうも単一的で人と同じというのが気に入らないのだ。車もホイールは変えるし、冷蔵庫も塗装してしまう。ポンも色を変えるか耳を尖らせるかしたかった。愛好家の中には真っ黒に塗ったりドーベルマンをイメージしたような見た目にする人もいたけどどうもそういう食指は動かなかった。そんな中で超高性能の静音モーターを組み込むというのがあった。値段は2万円で動画を見たが殆ど音がなくなっている感じがし、しかも動きがやや機敏になっていた。ＡＩは全くいじらないしコレならポンの個性を損なわないだろうと思った。その改造をしてくれる店は電車で30分くらいの電気街にあり持ち込みだと3千円引きと広告に出ていた。早速電話するとマニアックな内容の割に受け答えはしっかりした感じで気に入ったので夕方に持っていく事になった。大きめのバッグにスイッチを切ったポンを入れて電車に乗ると少し恥ずかしい気持ちになった。こんなイカツイ中年のオヤジがカバンにロボット犬を入れて持ち歩く事を考えると車内で軽い笑みが漏れた。スマホの地図を頼りにしたら店は直ぐに分かった。ふとポンを改造したら自分で修理に行って来いと言えばこの店に辿り着くのだろうか、この店まで僕を連れて行けと言えば連れて行ってくれるのかなとか思った。

カップスという名前の模型店は3階フロアの広がった場所にあり鉄道模型やラジコンが綺麗にディスプレイされていた。想像していた山積みの部品に汚い店内とは真逆の店だったけど客層は想像通りのタイプが多かった。電話で連絡したと言うと直ぐに応対してくれて奥の工作場に通された。

「えとモーターの交換ですね」

「1万7千円だよね？」

「ええ、もちろん3千円引きですよ。ワンちゃんはお持ちですか？」

えらく小綺麗な30代の男は笑みを漏らした。この年代の男からワンちゃんという単語が出ると笑ってしまいそうになる。僕は誤魔化す為に急いでポンを取り出した。

「へえ、3代目ですか。凄く綺麗ですねえ」

「珍しいんですか？」

「いえ、まあ。でもとても綺麗になさってますねえ。良ければ触っていいですか？」

「ええ、でも本当にネットで見たように静かになるんですか？」

「ああ、現物ありますよ」

　そう言うと彼は棚の引き出しからロボット犬を取り出して電源を入れた。それから本物の犬のように撫でた。音は驚くほど静かである、ジージーがシーシーと聞こえる、いや注意深くないとそれも聞きとれないかもしれない。

「へえ凄いなあ、殆ど聞こえないなあ駆動音」

「いやまあ、ここは街中で店ですから。家に連れて帰ると今よりは音は目立ちますよ。でも劇的に変化はしますね。モーターはハヤバ製で、ほら鉄道模型でよく使うあのハヤバですよ。それに防音材も入れますから」

「へ、へえ、そりゃ凄い。じゃあ、お願いしようか」

「時間は2時間くらいかかりますけど」

「あっ、そんなにかかるのか」

「精密な作りですし、テストもしますので」

「まあ暇だしな、それでお願いするかな。終わったら電話してもらえるかな」

「ええ、もちろん」

短くて強い時間に弾かれた僕は仕方なく電気街を歩き回る事にした。喫茶店で時間を潰すには2時間というのは僕にとって少々短い気もするし喉が渇いた訳でも何か食べたい訳でもない。結局は買いもしない音楽プレーヤーの品定めをしたり楽器コーナーで金色に輝くサックスやフルートを見た。ふと周りを見ると自分と同じように何かを見て時間を潰している人間は溢れるほどいた。明らかに購入意欲も無く歩き回る人間、僕も財布の中に2万円しか入れてない。30年前くらいだったらカードではなく現金を持ち歩く人も多かっただろう、こんな電気街を歩くには10万円くらいは財布に入れて歩いたかもしれない。でも今は電子ペイやキャッシュカードが主流だ、現金を多量に持ち歩いている人なんか僅かだろう。街の匂いが変わったなと思う、それだけ年を取ったのかもしれないし単に時間が過ぎて文明が先へと歩んだだけかもしれない。現金を財布に詰めて歩いたらどんな感じがするんだろう。そんな人が多くなったら街には昔のきな臭い懐かしさが溢れるだろうか。あのクリスマスや元日の下品で人間臭い資本主義を垣間見る事はもう無いのだろうか。もう歩いている人間の誰が金持ちで貧乏なのかよく分からない、本当に高価な服や宝石もなく一年で半額になる新車、飽和しきった街を歩いても懐かしさばかり求めてしまっていた。ミチコに電話した、寂しさとどこか焦りがあったから。ミチコは小さな声で「仕事中なんよ、終わったらかけるから」とだけ言った。電話に出るだけで僕に好意的なのが分かって気分が落ち着いた。

ふと懐かしい公園を思い出しそこに行ってみたくなった。都会の中にはそういう公園があって、その無理に縁取られた緑と広場を見たくなった。よくアキトと服を買いに来たついでにその公園で缶ビールを昼間から飲んでたよな。そういう若い奴はその公園に多くいた。裏のコンビニでビールを買って、その裏路地にあるオバちゃんが一人でやってるタコ焼き屋でちょっとだけ買って。スマホで調べると歩いて10分くらいで着けそうだった。気分が高揚して早歩きで向かう、まだ早いけどビールでも買って飲んでみるかと決め込んだ。

回顧した思い出を実現させても時間を巻き戻せないが過去とは繋がる事が出来るのだ。そうだ、アキトとはつまらないケンカで縁遠くなってしまった。ささいな揉め事がお酒の席で大きくなってな、アキトに欠点なんか無かったし今となればささいなことを言い出した僕が悪かったんだ。大人になれば信用の出来ない拝金兵と権力主義者がなんて多いんだろう、アキトはロックだったなあ。アイツは今もそうだろうか。

コンビニは20年前と変わらずそこにあった。僕は中に入ってエビスビールの５００㎖缶を一つとマルボロを買う、それから店を出て右手に回り込み路地に入るとまだタコ焼き屋はあって営業もしてた。でももうオバちゃんはいなくなってた。

「タコヤキ300円の舟ちょうだい、イッコな」

「はい、ソースは」

この店は醤油多めのミックスが鉄板に決まってる、そもそもソースか醤油かそれのミックスしかなかった。僕はミックスと言いかけるとふとヤングという文字が目に入った。

(ヤング、ネギとマヨネーズ味) その文字を読んで条件反射でヤングと店員に注文した。

あのいつもいたオバちゃんはどうしたとは聞かなかった。この店でマヨネーズ入りのタコ焼きを売るくらいだ、もうオバちゃんがいる訳もない。公園に座りエビスビールを飲んでタコ焼きを食べても無くした物は戻ってこない、ふとビル風が舞って砂埃の匂いがした。どこかでビルの解体でもしているんだろう。その風の中で小さな子供が全力で走っていた。何も考えられなかった、奥底から絞り出る郷愁は直ぐに大人の体に溶かされて空気中に流れていった。無心で懐かしい公園に座ってタコ焼きを食べてエビスビールを飲んでも砂のような体は反応しなかった。口の周りについたマヨネーズを舌でねめとり、その味を苦味のあるビールで流し込んだ。時間が過分に過ぎると伸びてしまうものだなと思い大人の自分がビニールパックに入ったざらざらのテクスチャーのように感じた。

２時間後に店へ戻るとポンは机の上に座っていた、店員の兄ちゃんに背中を撫でられ首をぶるぶるさせていた。どうも他人に懐いて飼い主に嫉妬させるのがポンの性格らしい、これが女の子なら相当な魔女だぞ。

「出来ましたか」

「まあ、見てください」

清潔感のあるオタク店員がポンに色々な動作をさせた。まず音が違った、いかにもというモーター音でなく衣擦れのような音になり行動の序段が滑らか且つ鋭くなった。細かい所だから普通は音くらいしか違いが分からないかもしれないけど僕はかなり満足だった。

「何だか動きが違うなあ、滑らかというか。リアルな犬に近いって感じじゃないんだけど、凄い良くなった」

「まあモーターは劣化しますからね。ポンくんというんですか？」

「ええ、まあそうだけどな。いや僕がつけた名前じゃないんだよ、妹がつけてさ、でも何で名前が分かったんだ？」

「バッテリーケース裏に名前が書いてあったんです。それにかなりカスタムしてますね、関節のベアリングも変えてありますし、ＡＩのメモリも最大量まで増設されていますよね」

「へえ、知らなかった。それは凄いの？」

「凄いというか、丁寧ですねえ。これだけメモリ積んでたらＡＩもかなり育ってるんじゃないかなあ」

「詳しくはないんだ、譲ってもらっただけだからな。でも大事にしてたからなあ、そういう工具類も買ってたみたいだし」

「本物の犬と変わらないですよ。よくブラシ当てたり可愛がれば毛並みも見た目も良くなる。このタイプのロボット犬も手入れして可愛がれば相当懐きますからねえ」

「そんな懐くのかなあ、僕には分かりかねるけどな。貰って１ヶ月くらいじゃあ懐かないのか？」

「持ち主の行動パターンを把握しますからね。まあこれから懐いていくでしょう、それは確実ですよ。後は名前をよく呼んでやるといいみたいです。逆に無視すると相手もこっちを無視してきたりしますから」

「無視、犬が？　機械だぜ？」

「まあ、かまわれたくない飼い主さんもいるでしょうから。かまって欲しい人って人にかまいにいきますよね。同じような事ですよ」

「そうか、まあ気長に名前でも呼んでみるよ」

「がんばって下さいね。修理やカスタムはいつでも歓迎しますよ。バッテリーは交換したところみたいですから、まだ全然もちますよ。ところで、タコ焼きでも食べませんでした？　青海苔がついてますよ」

「ははっ、失礼。さっきお好み焼きを食べてきたんだ」

どうしてこんな小さく意味の無い嘘をつくのだろう。誰も知らず何の意味も無い嘘をつくのだろう。僕はシーちゃんに何をしたくてこのロボット犬を本物の動物だと思い込ませようとしたのだろう。財布から1万7千円が消え僕は電車に乗り込んだ。安物のカバンの中に詰められ電源を切られたポンがどんな気持ちなのか少しだけ気になった。

何となくだがポンが僕を認識してきている気がする。機械仕掛けのロボット犬だけど誰かに認識されるってのは誰でも嬉しい。やはり中年になっても人間の本性だけには抵抗出来ない、自分がどこかに記憶されるってのはどうも誇らしく嬉しいのだ。ポンは僕が帰ってくると体を揺すり小さくワンッとひと鳴きし体を揺すって廊下あたりをうろつきだした。

僕は家に帰ると妙な虚脱感がいつもあるのでしばらくソファに座ってぼんやりするのが癖

になっていた。たぶんだけどポンはそういう僕の気質を覚え、ご主人様が帰宅して1時間は大人しくしておくのを覚えたのだと思う。帰宅して1時間くらいするとクンクンと鳴いてポンは僕を探し始める、僕は何となく無視するのも可哀相なので「ポン、ポン」と声に出して居場所を伝えておいた。彼は小さくなった物音で僕に近づき「ワン」と鳴いた。この頃くらいからポンを正式なペットとして認識しはじめた。

ポンは不思議な行動をたくさんした。先ずは夜行性であり深夜にテレビの前に陣取った。またトイレに行くと知らぬ間に扉の前に座っている（僕は何度か勢いよく扉を開けてポンを吹っ飛ばした）。ベランダの明るい場所より廊下が好きである。

僕は赤ワインが好きだった、1000円くらいのワインを買って鳥のモモ肉をフライパンで焼いてはその二つだけを晩御飯にする事も多々あった。その日も赤ワインを1本飲んで酔っ払ってしまった。体調なのかワインの種類なのかその晩はひどく酔いが回った。夜も早々に寝て尿意で目が覚めた。トイレに座って用を足しながら今日のワインは効いたなと思いながら水を流した。リビング兼寝室に戻るとポンはテレビの前で座っていて体を小刻みに動かしていた。こういう事は前から何度もあってポンの習性だろうと放置しておいたけど今晩は良く効く赤ワインのせいかベッドにもぐりこまずポンの横のソファに座った。

「ポン、お前も寝なきゃ駄目だろう」

「クン」

「お前なー普通はみんな寝るんだぞ、テレビなんか夜は良いのやってないだろう」

「クンクン」

「クンしか言わないのかーお前は」

「ワン」

「へっ、お前？　ポンっ？」

「ワン」

酔っているのかもしれなかった。ポンが言葉を理解しているのかと思ってしまった。第一僕にロボットの犬とお喋りする趣味は無い。声はかける事もありポンと呼ぶ事はあっても喋りかけたりはしなかった。今晩は酔っているので特別だった。

「あの、ポンって言葉分かるの？　僕の言ってる事って分かる？」

「ワンワン」

「うっそだろーネットにもそんな情報なんかなかったぞ。なあ嘘だろ？　言葉分かるの？」

「ワン」

「はぁあぁぁぁ？　ぜってー有り得ないだろー。でもお前ってワンしか言えないじゃんか」

「クーンクーン」

途端に寂しそうにポンは首を振った。僕は身を乗り出してポンを抱えあげた。軽くて冷たいプラスチックの皮膚が指先に伝わった。なんだかおかしいぞ、僕がおかしいのか？

「お前、ワンって言ってみな？」

「ワン」

「ポン⁉　じゃあなあ、ワンワンって2回言ってみなよ」

「ワンワン」

「マジかっああ。信じられねえーって、笑けてくる。じゃあさあ、クンクンって2回言ってみなよ」

「ワンワン」

「クンクンだよ」

「ワンワン」

「じゃあワンって1回だけ言ってみ？」

「クーンクーン」

何だ単なる偶然じゃないか。僕は早鐘を打った心臓を落ち着ける為にテレビをつけた。まあこういう偶然もあるだろうな、いや僕が酔っているだけかな。テレビは深夜のバラエティーを映した、いかにも低予算で作りましたって感じがして豪華さは何も無い。それでもポンは何か嬉しそうに耳を左右に動かしはじめた。

「なんだ、お前ってやっぱりテレビが見たかったんだな」

「ワンワン」

「なあ、クーンクーンって2回言ってみ？」

「ワンワン」

言葉を理解していない事はハッキリした。まあ通常の僕ならこんなに時間がかかる前に理性で分かっていた事だけど。しばらくはポンをおなかに乗せたままテレビを見ていた。ポンは楽しそうにニコニコしている。僕は仕事の事をぼんやり考えてはそれを消しゴムで消していた。15分くらいしてまた眠気が来たのでチャンネルを一通り変えてから眠る事にした。深夜バラエティー、深夜の通販、24時間ニュース、深夜アニメ、そうチャンネルを変えていった時にポンがワンと鳴いた。あれ?と思いもう一度チャンネルを変えていく、またワンと鳴いた。今度はニュースと深夜アニメを交互に見せた。ポンはアニメでワンと鳴いた。何か陰影の濃いキャラクターが画面で喋っている、途中からだから内容は現代だという事以外は全く分からなかった。でもポンは無性に喜んでいた、尻尾は振るし耳は動かすし体は揺するし。深夜でもこんな綺麗なアニメをやってるんだと感心するが僕のアニメ体験はゲッターロボで止まっていた、エヴァンゲリオンは見てないけど知ってる。最近は深夜にアニメを放送して若い世代には受けているとは知っているけど見た事は無かった。なんか面白そうだなと思う、こんな深夜にアニメがやっていたら正月みたいな気分でわくわくするんだろうな。そもそも僕の子供時代は夜12時を超えてテレビはやってなかった。ポンと一緒にそのアニメを見てると直ぐにエンディングになった。その辺りでようやく内容が近未来の超能力バトルであると分かった。さて寝ようかと思いポンを床に置くと彼はワンワンと鳴き出す、テレビを消すと体を揺すって鳴き出した。

「はあ?　ポンなあ、おまえさん深夜アニメが見たいの?」

「ワンワン」

「クーンクーンって2回言えたら見せてやるよ」

「クーンクーン」

「タッハ、じゃあワンって言ってみて」

「クーンクーン」

「偶然かよ、ったくややこしいぜ」

しかし、ワンとクーンだけだからポンの勝率は悪くない。適当に言えば当たる時は当たるのだ。誘われて乗せられているのは僕の方だった。次のアニメが始まるとポンは体を揺すって早く見ようよとねだる仕草を見せた。まあ僕がそういう風にポンを見てしまっただけなんだろうが。それから30分も女サムライの化け物退治を一緒に見てしまった。ポンは大満足で床に下ろしても上機嫌なご様子。僕は1時間近くも睡眠のお邪魔をされて立腹のご様子だった。それからベッドに入る直前にふと気づいた。これは死んだシーちゃんの生活リズムなんじゃないのか？　シーちゃんは昔から漫画とかアニメが好きだった。それに大学生だから深夜は比較的自由に使えるだろうし。シーちゃんはポンを抱いて決まった曜日の夜中にアニメを見ていたという事だろうか。

ポンは飼い主の行動パターンを記憶していくのは確かだ。そうか、そういう事か。僕は白く焼かれた骨を思い出して悲しくなり眠れなくなった。まだ彼女の事は一人で考えたくはなかった。

　僕はポンをより注意深く観察するようになった。普段はあまり家の中にじっとしているタイプではないけど出来るだけ帰宅してポンが何に注意しているかを見極めようとした。ざっとポンの機能を調べたけど簡単な物ではないらしいということしか分からなかった。持ち主の裁量で内部を弄ってプログラミングを更新すれば頭は良くなり行動パターンや記憶も増える。どうもシーちゃんはポンを改造していたようなのでノーマルのロボット犬よりも多才であると言えよう。しかし、シーちゃんは友達も彼氏も多く社交的だったはずでロボット犬にそんなに固執する必要があるようにも思えない。根暗でポン以外に友人がいないわけじゃない。

　どうもポンの様子からしてシーちゃんは膝の上に一日中ポンを乗せていたような溺愛ぶりである。妙だなと思う、普通の女の子は人形遊びを卒業して恋人なり友人と遊びだすのだけど。そう考えながらポンを膝の上に乗せた。ポンはクンクン言いながら体を揺らす、これは彼が心地よい時のサインだった。僕と彼は少し通じてきていた。これは新しいバイクや車に乗った時に感じる克己心と似ていると僕は思い込んだ。

分かってきた事
木曜と土曜の深夜アニメは必ず見る　ポンは一番喜ぶ
廊下が好き
青空が嫌い
暖房器具に近づかない
本を読むと凄い勢いで寄ってくる
夜行性である
トイレにはついてくる
会話らしきものを好む
火曜と水曜は大人しい気がする

パソコンのメモに僕はそう書いた。調べていくと凝り性が出てきたのかマメにメモをとるようになった。段々とポンは僕のライフスタイルに染まり始めていく、僕はシーちゃんとポンとの行動がもっと知りたくなった。彼女が生まれてから随伴者として存在しているポン、それを与えた僕。そして彼女は短く一生を終えた。後悔も未来も失くした姪っ子の不思議な供養をしている気になっていた。そんな時にちょうど姉から電話がかかってきた。どうもシーちゃんに親友がいて彼女がポンに会いたいとの事だった。僕はふと考え、姉にこれまでの経緯を簡単に説明し、僕はポンの研究をしているのだと伝えた。それから話は僕にとって都合の良い方向に向かい日曜日にシーちゃんの部屋でその親友に会おうという事になった。

新築の匂いがまだ残る一軒家、新築祝い以来だから数年ぶりになるのか。インターホンを鳴らすと甥のケンジーが元気よく出た。それから居間に直行して二人でゲームをしながら少しだけシーちゃんの話をした。

暗くしたり泣いたりするような話はしなかった。お互いに寂しいなあとゲームの合間に話すくらいだった。それでもかなり厳しく圧し掛かる、この小さな一軒家で耐えられるのかと思うくらいの歪みが圧してきた。それから一寸してネズミ捕りの罠がかかったのかケンジーは振り向き友達の所にゲームをしに行った。

僕と姉の二人になると仕事の話をしたり両親や妹の話をした。お互いにシーちゃんの話題は避けた。姉も僕も気が強く人前で取り乱したり泣いたりしない、その負けん気が会話から死んだ姪っ子を抜き去った。悲しい耐えられないなんて当たり前だ、その事について考えられない、それも当たり前だ。冷たいまでに柔順と柔和、硬質な外皮に溶けだした内部、それが僕と僕の姉だった。僕はシーちゃんの親友が来るかなり前に到着していた。もう珈琲は3杯目である。

「その親友ってアネキはよく知ってるの？」

「ああ、高校から一緒だからね。この家にも何度か来た事あるし」

「でも僕はそんな仲が良い友達がいたなんて初耳だなあ」

「今時はそんなものよ。親に聞くより携帯電話を覗く方が人間関係は分かるってもの。親の価値は下がっちゃったんだわ」

「まあ、ウチの両親も放任主義だからなあ。僕が何の仕事してるかすらよく知らないと思うぜ」

「私だってアンタが何の仕事してるか知らない。ねえ稼げてるの？」

「いや、まあ何とか食えるくらいかな。中国の企業の下っ端してるんだ」

「あっそう。ところでポンの調子はどうなの？　懐いた？」

それからポンの様子を子細に話した。どうも姉が飽きてきたらしいのを感じ取るまで喋り続けた。反応を総合すると姉は最近のポンについて殆ど知らないようだ。この家でポンはぬいぐるみとかプラモデル程度の存在感らしい。シーちゃんが大事に連れ回していたとか、よく話しかけてたとか聞いたけど。シーちゃん本人にとってのポンはどういう立ち位置なのかいまいち分からなかった。まあ無理もない。僕だって妹の大事にしているぬいぐるみが熊なのかペンギンなのかまるで知らないし知ろうともしない、妹だって僕がいかに超合金のロボを大事にしているか全く関知しない。そう言えば両親って何が好きなんだろう、僕だってそれすら知らなかった。姉は洗濯機の寿命の短さに文句を言い僕はそれが経済のせいだとのたまう、ガラスのような僕らは人間の名の下に感傷をひた隠しにした。シーちゃんが生まれてきた日は雪がよく降った、それから毎年の誕生日会も全て覚えている。僕によく懐いていた、彼女が5歳の頃に僕はうつ病で仕事をやめて実家でのんびりしていた。そうだ、ポンもいた。僕とポンとシーちゃんでママの帰りを待っていた。シーちゃんは僕と遊ぶのに頑張っていた、ママが仕事で遅くなると聞いて頑張って僕と遊んでくれた。本当はママと遊びたいんだけど叔父の僕しか暇な人間がいないのでシーちゃんは我慢して僕と遊ぶ。楽しい楽しいって騒いでパズルをしたりＤＶＤを見たり、それにご飯も一緒に食べた。

ご飯が終わったひとときで美容院ごっこをはじめる、僕はいつもお客さん役で5歳のシーちゃんが髪の毛を洗って切ってくれセットしてくれる。この最後のセットだけはごっこじゃなくて本当にセットしてくれるんだ。そうそう、あの頃は毎月3個くらいヘアワックスを買ってたっけ。あれはシーちゃんのお気に入りの遊びだった。小学校の1年から3年まで僕はシーちゃんに嫌われた。理由は今でもよく分からない、姉に聞いても「分からないけど女の子だからねえ」とだけしか言ってなかった。あれは何があったんだろうと思う。シーちゃんは元気でお喋りだけど秘密を守る子でもあった。言い方が悪いけど昔気質のヤクザのような所があった。中学2年の頃、夏休みの隙をついてシーちゃんは髪の毛を脱色してみた。誰しもそういう時期はあるんだろうけど、シーちゃんは自分で脱色剤をお小遣いで買って自分で夜中の内に髪の毛の色を抜いてしまった。よくある失敗だけど殆ど金髪になってしまっていた。これには本人が一番驚いたと思う、彼女の髪の毛は標準よりかなり細い質なのだ。でも予想外に誰にも怒られずシーちゃんはご機嫌だった。もちろんシーちゃんは冒険気質なのだけど真面目だから金髪の時は友達とも会わず学校生活の影響を最小限にしていた。8月の初めに茶髪になり、8月の中頃には黒く染め直していた。2週間だけの茶髪って最初から決めていたみたいで脱色剤と黒染めを同時に買っていたと聞いた、とてもシーちゃんらしい。それから不機嫌で泣き喚くような親子喧嘩を繰り返す受験勉強時期に入る。ギリギリで偏差値の高い女子高に入った。入ったのはいいけどここからシーちゃんは少しだけ不良になるのだ。まあ不良といってもも学校をサボってみたりタバコを吸ってみたり程度だけど有名女子高ではちょっと目立つ感じだったかもしれないと思う。その頃に僕はよく隠れてシーちゃんに会った。僕は当時50万円で譲ってもらったポルシェに乗っていた、多額の借金を背負った友人兄弟に泣きつかれて仕方なく現金で買ってあげた。友人の兄は自殺して友人は僕の50万円で関東のどこかに夜逃げして今も行方は誰も知らない。その型が恐ろしく古い黒いポルシェをシーちゃんは好意的に見ていたと思う。高級スポーツカーという名目にどこか尊敬するべき点を見ていたのかもしれない。そのポルシェでよくコメダ珈琲に行って平日の昼間に二人でお昼を食べた。シーちゃんは高校2年の途中までそういう風に息抜きしながら青春してた。それからまた進路で両親と核戦争みたいな緊張線を張り巡らし（といっても地元の大学にするか、東京の大学に行くかだけど）3年になる前には夜まで塾に行って勉強するようになった。シーちゃんは頭の良さは並だけど子供の時から夜更かしが出来た。ショートスリーパーというタイプなんだろう、1日5時間も寝れば十分という子だった。だから人より、僕より毎日2時間半は長い1日を送っていた。高校3年生のシーちゃんは正月と盆以外は知らない、それくらい勉強していた。第1志望の大学は落っこちて第2志望の大学に合格した。浪人して第1志望の大学にもう一度挑戦するか悩んだけど。やっぱり直ぐに女子大生になる道を選んだ。

それから入学してしばらくしてから短期留学でイタリアに行った、2ヶ月くらいかな。イタリア料理に興味があるらしく将来候補の一つにイタリア料理店を開くというのもあるとは聞いた。まあ就職するなら飲食関係の職場がいいなと言っていたが通っているのは工学部だった。イタリアの短期留学から帰ってきて半年が過ぎてシーちゃんの誕生日の10日前、駅前の無印良品に行く途中で車にはねられてシーちゃんはコツンと死んだ。

目の前のシーちゃんのママで僕の姉は僕の千倍はシーちゃんと仲良しで親しい。僕だって生まれた頃からシーちゃんを知っている。その二人がいて洗濯機の話をしてばかり、シーちゃんの話をまったくしていない。それは背が高くてふらふらと歩く彼女の持っていた明確だったものを酷く際立たせ、僕らの行動をセルロイドの硬い人形にしていった。丸くて小さくて笑って床を這っていた君よ、僕は死にそうなくらいに悲しく切ない。

「あっ、来たって」

「ああ例の友達か」

僕はポンを取り出してスイッチを入れた。彼は戸惑いを隠せない様子、何でまたここにいるの？　そんな小刻みの揺れを体で示し、耳はやや後方に向けた。ポンの懐かしの我が家だけど久々に帰る実家というのはそんなものである。僕だって久々に実家に帰って家族構成が減ったり増えたりすれば緊張したり不安になったりするだろう。ポンの耳が反応した、ピクッと玄関に向けて動いた。本当に芸の細かいロボットだ。ふと思うがロボット犬と本物の犬はどちらが鋭敏な感覚だろうか。耳は犬より良いんだろうか、このロボット犬には嗅覚はついていないと思うけど各種センサー類は高性能である。おまけにそのセンサー類の判断を行う知能つまりＡＩだけど、それは犬の知能をスペック上は凌駕しているはずだ。

「お邪魔します」

姉に連れられて入ってきた女の子はさっぱりとした髪型にスポーツウェアのような簡単な服を着ていた。化粧はしていないようでサッカーの女子高生代表といった肩書きを連想させた子だった。

「あっ、こっちは今のポンの飼い主というか元々ポンを買ってきた張本人なのよ。私の三つ下の弟でシーの叔父になるわね」

「どうも、イヌカイです」

「ども、コナタです。ああ、例の叔父さんですよねえ。シーちゃんがよく話してましたわ」

二人同時にぺこりと頭を下げた。それからコナタさんはポンに近寄って頭を撫でた。ポンも嬉しそうに反応した。

「やぁあーポン久しぶりーシーちゃんが死んでから会ってなかったなあ。あっおばさん、線香を上げたいんだけど」

ポンは尻尾をふりふりしてコナタさんに擦り寄る。コナタさんはひとしきり撫でた後に仏壇に向かった。ふとシーちゃんとコナタさんが並んで歩く姿を思い浮かべる、どうも漫才コンビのような感じだ。似た者二人というより真逆でバランスがいいというような。長身で低血圧気味に歩くシーちゃんと体育会系でメリハリのあるコナタさん。

「部屋が見たいって」

姉は無表情でそう言った。その微笑を浮かべた母親の顔を見て僕は立ち上がった。この家の長女は世界にもういない、恐ろしく殺風景な一軒家のリビング。僕だって部屋には入りたくない、家主のいない家は一体なんだろうか。単なる空間だろうか。

「あっ、コナタさん僕が案内するよ。そうだなあポンも連れて行こう」

「どうもー」

僕は1階の奥にあるシーちゃんの部屋に向かった。厳密にはもう誰の部屋でもない、どのタイミングでこの部屋は片付けられて空室になるのだろうか。先立って扉を開けると整然とした部屋からシーちゃんの匂いがバックドラフトのように僕を通り過ぎた。どうしようもなく体の力が抜けた。肉体から骨が抜かれたように芯を失った、もうあの子はいない、ウチの待望のお姫様はもういない。ポンは僕の手から抜け出そうとはしゃいでいた。

「うわーめっちゃ久しぶりに来るかなあー高校以来かも」

「そっかーポンも喜んでるみたいだ」

「あのーイヌカイさんってシーちゃんからオジキって呼ばれてた人で間違いないですよね」

「まーオジキオジキ呼ばれてたなあ。見た目もイカツイしそう呼ばれても仕方ないけどな」

「なんかポルシェ乗って外資系の企業で働いてるんでしょう、一回見ましたよシーちゃんとポルシェ乗って学校サボってるところを」

「外資系なあ、単なるマレーシア系中国企業の使い走りだけど」

「いいじゃないですか、女子高生と昼間からデートなんて」

「まあ昼飯食わせろって理由だけで呼びつけられてんだけどな」

部屋は整然としていた、ところどころ藤色に近い紫のブランケットや椅子が差し色として添えられている。部屋というより住処のような個人の空間で勉強机の上には黒いノートPCと辞書や参考書が並び本棚はマンガとファッション雑誌で7割がた埋まっていた。その中には木曜深夜にやっているアニメの原作の本もあった（これは面白かったから僕も買ったので背表紙で直ぐ分かった）し土曜深夜にやっている陰惨な魔法少女モノの原作本も飾ってあった。それからベッドの脇には小さなスペースがある。正方形で区切られ、そこだけ色の違うラグが敷かれてあった。これはポンが直ぐに走り寄っていったので彼の場所だと分かった。あと感じたのはどうしようもない空室感だった。この部屋の何もかも再利用不可能である気が僕にはした。シーちゃん以外にこの部屋を扱える人間がいるだろうか、それは誰もいない。

「シーちゃんが死んだけど私はそんなに悲しまないようにしてるんだ。死んだのは死んだけどさ、彼女の全部が消えたって訳じゃないですよ」

「まあね、友達や仲間ってかな、みんなが覚えてたらシーちゃんも喜んでるよ。それにポンもいるしね」

「そうそう、ポンもシーちゃんが死んだってちゃんと分かればねえ。この子はそういうのは分からないのかな？」

「そうでもないと思うぜ。僕の所でもいつも悲しい悲しいってクンクン言ってる。まだ時間が足りてないんだ」

「クンクン悲しんでる？　うっそーそうなのポンっ？」

「クンクン」

ポンは適当に答えた。でも僕とコナタさんは一度目を合わせた。それから彼女はポンを抱え上げた。

「本当に分かってるのー？　まっでも一番の親友は私じゃなくてポンかもだもんね、私は二番手って訳だ」

「生まれてからずっと一緒だからな」

「あの、シーちゃんが死んでも部屋はこのままずっと同じですか？」

「うーん、暫くはこうだろう。でもどうするのかは家族しだいって事になるだろうなあ」

「出来ればこのままにしてほしいんです。何だかここでシーちゃんと遊んだり話し込んだりしたし、死んだからってこの部屋がなくなるのはちょっと悲しい」

「まあそういう風に思ってくれてるなら良かったよ。でも暫くはシーちゃんのママは放心状態だからな、だいぶ参ってるよアレは。一番悲しんでるのは母親だろうからなあ」

「でもショックなのは周りの人間全員ですよ。私の周りも同級生も私だってこんなに泣いたの生まれて初めてだし、人が死ぬってこういう事なんだって」

こういう事じゃないんだよ、人が死んで人が生きるって。僕はポンを見つめながらそう思ったけど相手が若すぎるから口には出さなかった。

「えとそれで今日こっちにきた理由なんです、あのシーちゃんが生きていた頃に約束したんですけど、ポンを譲ってくれるって死んだら親友のアンタにあげるって言われてて」

「えっ、そうなの」

「はい、それでポンちゃんを貰いにきました」

このコナタさんがそう言うならそうなのかもしれない、そんな約束をしていたのかもしれない。別にロボット犬だし僕はもう随分とオジサンで叔父さんで分別のある大人であるし。

「えとね、おじさんもシーちゃんからそう言われてるんだよ。困ったなあ、僕もポンには愛着あるしシーちゃんに初めて買ってあげたプレゼントだしなあ」

僕はしっとりしたなめし革のような嘘を平気な顔をしてついた。ポンの処遇なんてシーちゃんと話した事なんか無かった。

「でも私、約束したんです。親友のアナタにあげるって」

「そうかあ、弱ったなあ。少し考えさせてくれるかなあ？」

「はあ、じゃあ」

アッサリと彼女がそう言うと僕にとって4杯目の珈琲が完成したと姉が知らせに来た。それからコナタさんの大学の事や彼女の高校女子サッカー県大会出場の話を70分くらい聞いてから僕と姉は玄関先まで彼女を見送った。僕は5杯目の珈琲を所望した、何だかカフェインを無理やりにでも摂取しなければやってられないのだ。

「あのさ、ポンをくれないかってコナタさんが。なんか前に約束したらしいって話だ」

「えっ、そうなの？　どうする？」

「嫌だ、あげる訳無いだろう」

「なんで？　約束してたんでしょ？」

「知るかよ、あの子に譲るつもりはねーよ。なんか気にいらねーわ、知ったかしやがってさあ。シーちゃんの事は全部知ってるって顔してな、僕は子供の頃から知ってんだぜ。なあ、なんかムカつくわ」

「そう言わないで、シーの親友なんだから」

「でも、なんかなあ。自分が一番知ってるって考えは嫌いだわ。あの子にポンはぜってーあげない。なんだよ、今の若い女ってあんなのばっかりかあ？」

「大人気ないなあ、まあ言い出したらきかないからなあ、アンタも」

僕は気づかなかったからアネキの顔をちゃんと見てなかった。どれだけ暗い表情をしていたのか何日食事をしてないのかも分かっていなかった。ただ自分の指針で腹を立てているだけだった。そして僕もコナタさんと同じように僕が一番繊細で傷ついて耐えている、そしてシーちゃんの繊細な作りの魂も救っていけると思い込んでいた。コナタさんは僕の少女化した人間に近かった。当のポンちゃんはわがままに生家の廊下で体を揺すりながら歩き喜んでいた。

僕は衝動ってもっと複雑なんだと思い込んでいた。いや以前は単純だったかもしれないけど年を経るごとに複雑化していった。太陽を見て喜ぶ小学生に近づきたいと思う、車でドライブしたい幼稚園児になりたいと思う。毎年、夏に海に行って秋に紅葉を見に行くのは決まり事だった。彼女と行く事もあれば友人と行く事もあった。もちろん一人で海に行く年もあった。今年は一人と一匹だった。その発端はコナタさんだった。僕は結局ポンをコナタさんに譲らなかった。正直に言って彼女の性質は理解出来ないし、同じ感覚の人間と思えないのだ。僕とコナタさんは連絡先を交換していた、まあ業務連絡みたいな感じでプライベートな私信はまるで無い。けどその夏なのか初夏なのかってくらいの時期に彼女からメールが来た。シーちゃんの秘密というタイトルでだ。どういう意味なのか判別出来なかった、軽蔑から背筋を凍らせる事も出来た。だけどこのコナタって娘は真悪ではない、それは確かだった。シーちゃんと親友というのも本当らしいし人望もあるような話だ。まあ僕はコナタさんについていく人間なんかと話は合わないだろうが。結局そのシーちゃんの秘密って題名のメールを開くのに三日もかかってしまった。開けば何のことは無い、匿名ブログやってたから良かったらどうぞって内容だった。僕はもっとＡＶのタイトルでも出てくるかと期待と困惑を催していたから拍子抜けだった。

ページを開くと一面の海とポンが写っていた。ハワイだろうかカンクンだろうか、どちらも行ったことが無いから分からないけどその外国のビーチの写真にポンがはめ込まれていた。彼女には笑顔というものは明確にはないんだけどそれでも表紙を飾るぞという意気込みはピンと張られた耳で感じられた。

　そのブログに世間一般で言う特別な意味は無かった。未成熟な人間が個人的なスキルを使用して公共ネットの世界を散歩しているだけのものだった。ただ意味合いは大きい、彼女の完成は本人も周りの人間も知らないからだ。このブログの事は母親である姉に言った方がいいのか悩んだ。脊髄反射でシーちゃんが秘密にしていた事、ママには知らせないでおこうと思った事を告げ口するのはどうだろうか。でもほんの僅かでも娘の情報を持ちたい姉に知らせないというのも気分がよくない。コナタさんは後者を選んだんだろう、とりあえず知った方がいいと思ったのか単なる脊髄反射なのか。でもさらっと見た感じでシーちゃんは顔を隠している、年齢も本名も素顔も非公開になるように加工して工夫していた。ぱっと見た感じではこのブログの女の子がシーちゃんだと分からない。ポンの方は判別がついた。どうして工場製品のポンで見分けがつくのか自分でも分からないけど僕はポンの見分けは最近つくようになってきた。同じ製造ラインで作られた中でもポンを見つけ出す自信はある。人間だって双子でもよく見れば細かい所は違うものだ。

　とにかく一度このブログを見渡してから問題がなさそうなら姉や他の人にも拡散しようと思いブログを見始めた。基本は写真日記形式でありしかも更新も多い、これはやりがいのある仕事だなと感じて一度珈琲を沸かして電子タバコを用意した。長期閲覧体制が整った所で閲覧を始める、まずは写真の一覧を呼び出して全体を把握する。見る人が見たらちょっとセクシーで胸元が見える自撮りもあった。まあ本人を知る僕からしたらだらしない風呂上がりでアイス食ってるシーちゃんってだけだった。どの写真にもポンは写っていた、どうもこの少なくなったロボット犬愛好家のブログって立ち位置のようである。リンクをしてるページも殆どがロボット犬関連のものだった。写真は古いもので4年前からある、つまりは高校生から始めたって計算だ。今時は高校生からこんなものをするのだろうかと少し驚いたが、まあ時代の流れなんてこんなものだろう。日記は500以上ある、試しに一つ開いてみたら文章が文庫本の1ページ分くらいはあった。こりゃ全部読むのはちと大変だなと珈琲を啜った。

ポンは伯父さんに0歳の誕生日プレゼントに買ってもらいました、それからずっと一緒です。一番初めの書き出しから僕が登場したのでとくんと心臓が鳴って有頂天になった。えとオジサンというのはママの兄で（こういう細かくて意味の無い嘘には血筋を感じる）世間で言うオジサマと違うです（笑）このポンがいつからそばにいるかなんて覚えてないですハイ。でも自分の一番古い記憶、プラスチックのトレイでベビーフード?みたいなの食べていた時に足元にいたのは何となく覚えてるかなあ。まっ相棒ってより双子か兄弟みたいなもんなんです。ポンって名前の由来は箱から出す時にポンって出てきたからしく伯父さんが勝手に名づけちゃいました。

今日のポンはご機嫌です。充電終わりは動きがいい（笑）どうも私のアイスを狙ってるみたい、この子も夏って分かるのかなあ（温度センサーはついてるらしいんだけど）このアイス食べたら夏期講習に行かなきゃだが、嫌過ぎるんだよね。英語の講師の人が生理的にムリってかミリ、青ヒゲってムリだわーぼうぼうに生やしてる方が好み。でわイッテキマ。

最近ダイエット中、ポテチ食べたすぎでワロタ。しっかし、普段はそんなにポテチ食べたいとは思わないのに何でダイエット中はこんなに食べたくなる？　鏡で腹肉みて禁断症状抑えとるワイ。どうしても来月の身体測定で60の数字は見たくない、女で60kgオーバーって辛いわ。背が高い芸能人って痩せすぎ、生まれつき背が高い女の子でスポーツ駄目だったら厳しいなあ。ちなみにワイはスポーツも駄目で姿勢も悪い、おまけに60kgオーバーである。寝起きで鏡見たら男に見えた。あーポテチ食べたい食べたい、気が狂う。でもやっぱり健康診断の紙に60kgって書かれるのなんかヤダ。夜だけどウオーキングにイッテキマ。

　富士山に登ってきた。登山部のハイライトでもある、景色キレー。普段はぬるい活動しかしてない我が部の数少ないイベント、でも毎年登るのだ。まあ来年は受験が迫ってくるので……ああ考えたくない。すんなり志望校を決めてるヤツって将来性ないんじゃないのって恨み節。学部とかって重要だと思うんだよなあ、成績で入れる学部選ぶってねえ。高校だって女子高と共学で悩むじゃん、それより重要だよねえ本来は。まあ今の所は富士山の余韻を楽しんでるけど来年ヤダナーこなきゃいいのに。ところで部屋にカメラをしかけて私の留守中のポンを隠し撮りしたった。案外に動いとる、寂しいのか？　寂しいのか？　ポンは友達いないんです、家族は動物嫌いだし私がポンを抱っこしてるのあんまり見たくないみたいだ。まー変変言われるのは慣れとるけどどな。あんなに流行ったのに友達で誰も持ってないんだな、まあ高いからなあ。ポン、お前は高級品なんだぞ。でも最近なんか動きが悪いし、ヘンだぞ、ポン？　ポォーン？

　ポンと映画見てた、なんか犬が出てくるやつ警察犬？みたいなの別に面白くなかったんだけどポンは喜んで見てた。同じ犬同士で分かるものがあるのかな、よくポンと犬とは違うって人がいるけどワイには分からんナー生まれた時から刷り込まれてるからナー。江戸時代に白人や黒人見てウワー別次元の国の人だーってなったんでしょ？　今で言う宇宙人来訪ってヤツでしょ黒船来航って。今は外国人なんか珍しくないもんナー、ポンは珍しいワンコなんかナー。

何となくだけど学校サボったった、今月2回目。皆勤賞なんていらねーわ、って訳で伯父さん誘ってお昼ごはん。でもこんなに食えねーし、ダイエット中だし、勝手に頼むなやし。まあいつまでも子供扱いなんだろうねえ、あれ食えこれ食え。ワイの婆ちゃんも爺ちゃんもいつも私を食料攻めにするんだ。クソッもったいないからカツサンド全部食べちゃったぜ、これで4日分のダイエットは無駄に……。

気味悪い虫がいた、そんなに虫嫌いじゃないけどさすがにこれは。なんなのこのカラフルは、パリコレのファッションショーか君は。ってか何で部屋の中にこんなのいるんだよ、ペットショップに持っていったら売れるんじゃねーかね。こんな虫は見た事無い、ポンが食おうとしてるけど口が無いから諦めてた。

酸素18は最も重い同位体ってどーゆー意味なんだろ、今日電車でサラリーマン（普通のおっちゃん）同士が話し込んでたんだ。なんか見た目ふつーの人だったからびっくらいたわ。ずっと急行電車の車内で話してるんだよ、しかも声デカいしさ。みんな何の話してるんだろうって興味しんしんで盗み聞き、結局なんの話してたんだろう。家に帰ってポンちゃんにその話したらポカンとしてました。これがその時の顔なのです。

ちくしょーシリコンスプレーめ、何でもうちょっと細いノズルがついてないんだ。ポンの尻尾がギシギシいうのだ、それを直してやろうと高級シリコンスプレー（2500円）を買ってやったのに先が入らねー。そんな悪戦苦闘を2時間も続けてる、だれか改善策あれば教えてクレメンス。でもポンも17歳だから色々とガタきてるね、人間で言えば幾つだろ？

友達3人と紅葉を見に行ってきた。女子3人で和気アイアイや、誰にも声かけられず寒すぎて全員失恋旅行みたいな顔になっててワロタ。初めてもみじの葉の天ぷらを食べたのだ、不味くないけど旨くもない。でも山は真っ赤になってて良かったよ。今回は友達にもせがまれてポンもリュックに入れてきた。ポンは山の色味とかはどうでもよくて女の子に囲まれてもてはやされるのが好きみたい、このスケベ犬め。ロープウエーにも乗ったけど高すぎ、あの距離1200円は無いわ、マジで無い。景色は良かったんだけどね。

これから買い物にイッテキマ。母さんに頼まれたこま切れの肉とナスに牛乳と食パン、今晩はナス肉炒めだと予想。久々に天気である、このところは雨ばっかだったでしょ。しかしそろそろ料理も作れないとダメだな。家事全般まったくだかんな、ワイは。そう言えば朝にポンが散歩に連れてけと騒いでた。でも君は目立つからなー微妙に歩くの遅いし、また今度ナ。

オマエはポンと本当の犬の区別がついてないって友達に言われました。地味にショックです、私には違いがよく分からない。潰れた自動車や機械を見るのは苦手です。死んだ猫とか見るのと同じように。区別なんかつける必要あるのって思うんだよ。別に通じてればいいじゃないか、なあ。別に私だって人前で機械と動物の違いが分かりません、両者は同じですって宣言して歩いてるワケじゃねーぞ。私にとって違いが無いって思うだけだぞ。ペットの豚と食べる豚と区別するほーが難しくないの？　喋るオウムと名古屋コーチンって何で区別してるの？　人間だって広義じゃ機械じゃない。機械だって広義じゃ生物だよ。まーそう言っても心から通じる人はいねーよねー、マジ結婚とかムリってかミリ。

嘘くさいなーアレって絶対嘘だよね、これで問題なしとかマジでマスコミくそってるんだけど。ワイがどうこう言ってもだけどさーこんな嘘がまかり通るってさすがになー、それで数ヶ月たったらみんな忘れてると。今回は金で解決したらダメでしょうだ。まったくねー世の中どうかしてんだよ、久々にキレちまうよ。そんな理屈ならワイはもう勉強しなくていいって話でしょ。こんな楽して嘘ついて罰則ナシってんならワイはヤってやんよー糞がっ。とまあ、怒ってるけど諦めもするよ、こんなもんだろうってねー。さーしゃあないけど英語の勉強すっかー、さて受験戦争にイッテキマ。

昨日読んだ本に書いてたんだけど死ぬ直前にピーナッツバターの味が口に広がるって。それ聞いてからピーナッツバターの味ってどんなだっけってなってさ、スーパーにダッシュって買いに行ったわ。それでパンにつけて食べたらとまらなくてさ、2枚も食べちまった。感想？　さあ死ぬ直前に味わっても意味ないでしょ、だってその後は死ぬだけなんだし。ちなみにポンはピーナッツバターには何の興味も示しませんでした。

今日、家に帰る途中でガソリンスタンドでタバコ吸ってる人がいた。正直ビックリした、引火したら即死だろ。横にいた友達に警察に電話しよっかって言ったら爆笑された。そんなもんなのか？　私だけ知らないのかもだけど、ガソリンって引火しないの？　ワイはガソリンって怖いモノで直ぐに爆発するって思っとる、変なのかワイは。ひょっとしてガソリンを入れながらタバコって吸ってもいいのかいな。爆笑されたのもイマイチ納得できんしなあ、でもそんなに簡単に爆発しないんかなあ。セルフのスタンド増えたからなあ。

ポンが突然止まりました、ご臨終です。そうなんです、死んだんです、悲しいです、悲しすぎます私の財布が。なんでぇぇーーご臨終しちゃうのバッテリー、死にましたバッテリー、高すぎますバッテリー、ふざけんなです。1万5千円っておかしくない？　まあ前から充電間隔が短くなってきたなあと思ってたんだけどな。今日の朝起きたらさ、ポンのやつ固まってやんのよ。アレ？　おかしいなって、でもポンは死ぬ訳無いし故障かよって調べたらバッテリーの寿命だって。はぁーバイトしようかなあ、1万5千円はデカイわ。

友達と散歩してたら車がスクラップになって道端に放置されてた。それが凄い可哀相でたまらんくて涙ぐんでたら友達にそういうのやめたらって言われた。そういうのって何？って聞き返したら相手はダンマリして呆れ顔だけするんや。壊れた機械見るのは凄い悲しい、ポンが潰れたら凄い悲しい、でもそういうのってあんまり通用しないんやな、この世の中じゃ。生まれつきポンと過ごしてるせいかロボットと生物の区別があんまりつかんのや。馬と車の区別がつかんのや。ある程度の部品が集まって出来とるモノは全部大事で愛らしいんや。

価値観が違うんだってのは理解してるけど、他人から強制されたくないわ。正直人間だって部品で構成されてるモノやんけ。モノは全部大事やんやん。なんか冷たいとか大げさとか言われてるみたいやで私。人間らしいとからしくないとか誰が決めんねん、ほな猫をかわいがってたら人間でイカをかわいがってたら人間じゃないのかよ。私にとってＡＩと人間に違いなんかないぞ、完全に返答出来てたらそれは人間だよ。温かい皮膚とか涙とか信じないね、死ぬ事も生まれる事も信じない。何も信じてないから正しいんだよ、だからその友達とは絶交する。もともと合わなかったんだと思う。

車の教習所に行ってる、皆が言うより簡単だし楽しいぞ。バイクの免許も取ろうかと思ったりしてる。んでスゲー美人のお姉さんが大型トラックの免許を取りにきてた。女でトラック運転手ってのも渋いぜ、さすがに自分で運転出来るとは思わないけどな。免許取ったら家の車でポンをドライブに連れて行ってやろう、海には一回連れて行きたいと思ってるんだよ。まあこのワンコが海をどう認識するのか確かめてやろう、意外にポンのやつ感動するかもしれないと思うのだ。

正午の管楽器が鳴り響く頃に和歌山の県道から海岸に出た。画用紙みたいなのっぺりとした銀色の空から海は落ちていた。僕の腕には電源の入ったポンが抱かれていた。以前なら人目につく場所でポンを抱くのには抵抗があったけど最近はそうだな、どうでもよくなっていた。シーちゃんが死んで4ヶ月が経った。時間の一部が盗まれたような感覚はかなり収まり自然に過ごすようになっていた。彼女の秘密のブログは今でも時折読む、彼女が存命で健康で僕の姪のままだったならそんなブログなんか読んでなかっただろう。なんだか時間がたわんで余り、それでいて健康な夜は彼女が残した軌跡を読んだ。読解、そんな単語だと思う。彼女の死生を理解したいのかもしれない。最近だけどシーちゃんはポンが生身で自分の方がロボットだと思って生きていたんじゃないのかなと思う。

季節のせいか天気のせいか海岸には誰もいなかった。こんな田舎の汚れた海岸だから当然かもしれない。黒く表面が腐食した突堤に座り隣にポンを置いた。彼は喜んでいるようで体を小刻みに震わせていた。もちろん彼にとって塩水と砂というのは大敵である、僕で言うと硫酸と炭疽菌に囲まれているようなものだから。でもポンは幾らでも修理可能だ(最近は修理の腕も大分と上がった)、家のＰＣにはバックアップはあるし不具合の出方も想定がつく。例えこの海に沈んでも数日で復元する事が可能だろう。もしここが硫酸の海と炭疽菌の砂で僕が転げまわって海に落ちたらどうなるだろうか、助かるだろうか。誰が助けてくれるのだろうか。ふと口の中にピーナツバターの味が広がった、それは神様の匂いがした。

(了)

やまなし文学賞の概要

本文学賞は、山梨県と深いゆかりを持つ樋口一葉の生誕百二十年を記念して、平成四年四月に制定されたもので、山梨県の文学振興をはかり、日本の文化発展の一助となることを目的として、小説部門と研究・評論部門の二部門を設けている。主催は、やまなし文学賞実行委員会。山梨県・山梨県教育委員会・山梨日日新聞社・山梨放送が後援。山梨県立文学館に事務局が置かれている。

第二十六回のやまなし文学賞実行委員会は、三枝昂之山梨県立文学館館長を実行委員長とし、委員を廣瀬直人氏（俳人）、野口英一氏（山梨日日新聞社社長・山梨放送社長）、西川新氏（山梨日日新聞社常務取締役）、守屋守氏（山梨県教育委員会教育長）、市川満氏（山梨県総合政策部長）が、監事を三井雅博氏（山梨日日新聞社編集局長）、百瀬友輝氏（山梨県教育委員会学術文化財課課長）がつとめている。

第二十六回の小説部門では全国四十三都道府県および海外四カ国から、三一三編（うち男性二一四編、女性九九編、県内在住者は二八編）の応募があった。

選考委員の坂上弘、佐伯一麦、長野まゆみの三氏による選考の結果、やまなし文学賞に松井十四季氏（奈良）「同調とバランス」が、佳作に三井多和氏（長野）「逕をゆく」と一條瑛里氏（東京）「春泥」が選ばれた。「同調とバランス」は三月十七日から四月十三日まで二七回にわたって山梨日日新聞、また同紙ウェブサイトに掲載された。

やまなし文学賞実行委員会事務局
〒四〇〇―〇〇六五
甲府市貢川一丁目五―三五
山梨県立文学館内
電話（〇五五）二三五―八〇八〇

選評

坂上　弘

　受賞作「同調とバランス」は、日本を離れている主人公を暗澹たる思いにおとしいれるところからはじまる。高齢で認知症の運転者に自分の姪が轢かれ姪は死んでしまう。主人公はこういう理不尽な暗部にひきずり出され、題名にある同調の生き方をさぐる。そして仲よしだった姪のかわいがっていたロボットの仔犬を育てているうちにバランスをとりもどそうとする。ふと小林秀雄の短篇といえる「人形」を思いうかべた。ロボットではないが老夫婦の亡き息子らしい人形は、感情も対話も示さない。しかし人形にはロボットにはない人間性がこもっていた。

　佳作「逕をゆく」は、江戸白金坂の団子菓子職人の夫婦の終生を描く。夫の孫四郎が亡くなって二年経ち、妻の久仁は約束したとおり、夫の仮墓である墓石にあたる石を抱いて、夫の郷里へ旅準備をする。書き出しの落着きがいい。善光寺に出掛ける講の仲間に入れてもらうなど、江戸時代の善意の社会に感心させられる。この妻の久仁は夫孫四郎の郷里へなんとか辿りつくが、その寺にはあるべき墓が見つからない。しかし久仁の夫を信じる意思はかたく、まっすぐ逕《みち》をたどろうとする。江戸時代の、一筋のみちをたどって生きる庶民の人間性におどろかされた。

　佳作「春泥」は、お目当ての難関高校の進学に成功した母娘の健康な姿がくっきりうかぶ。劣等生が主人公に多い世界で、トップクラスの優等生が主人公なのは珍しい。この高校には思いがけず厩舎があり馬術部があってライバルの生徒と馬術をやることになり、春泥にまみれた青春が謳歌される。泥くさい視点も欲しかった。

感想

佐伯一麦

佳作の「遥をゆく」は、江戸時代の団子茶屋のおかみの久仁を主人公とした時代小説で、亡き夫の故郷の上州を訪ねる道中の様子や、集団参詣の講の仕組み、無縁となることへの怖れなどが確かな筆致で描かれてあり、旅を同行している思いとなった。故郷に夫がいた形跡がなく、夫婦とは何だろう、と久仁が自問するあたりから小説にふくらみが増した。もう一つの佳作「春泥」は、若者たちを仮想現実が取り巻く現代にあって、馬という野性的なものに惹かれる主人公の向日性が貴重だった。

受賞作「同調とバランス」は、主人公の「僕」が、姪っ子の十九歳のシーちゃんを轢いて死亡させた加害者の息子と焼き鳥屋で酒を飲む、という意外性のある展開にまず引き込まれた。加害者は認知症が進んだ老人であり、その息子も母親を若者の無謀運転で亡くしていた。怒りのやり場が無いやりとりの中で、〈ただな、何だか空しくてな自分が架空の人間になっちゃったような気がするんだ〉と述懐する「僕」は、相手を全否定せずに、現代の微妙な人間関係を掬い取っている。シーちゃんは、生まれてすぐ「僕」があげた犬型ロボットの〝ポン〟を一生可愛がっていた。それを譲り受けた「僕」と、ＡＩの学習機能を持つ〝ポン〟の触れ合いを通して、シーちゃんの日常があぶり出されてくる様が巧みに描かれていた。シーちゃんが残したブログの文章は現代的な生彩があるとともに、先の「僕」の述懐とも照応していると感じられた。

選考を終えて

長野　まゆみ

受賞作「同調とバランス」は、一九歳で事故死した姪の遺品として、犬型ロボットを受け取った「僕」のその後を描く。ペットなど飼うヒマも趣味もないビジネスマンが、犬であって犬ではなく、かといってただの機械でもない存在となじんでゆくようすを面白く読ませる。その「犬」はもともと彼が生まれたての姪にあてがったものだ。だから、「犬」は彼女の成長を見届け、時間を共有していた。かくて「僕」は犬型ロボットを通して姪の暮らしぶりを再発見する。一歩間違えれば邪な視線になりそうな設定を軽妙な文体で巧みにかわす。後半、姪が秘かに記した日記風のブログが見つかる。このブログの語り口が本作の魅力を決定づけた。ロボット犬がメディアとして機能する点をうまく描いている。佳作の「逕をゆく」は江戸後期の町民の旅を描く。主人公は夫を亡くして二年になる久仁。夫の故郷を訪ね、そこに墓を建てるための旅である。国境が厳密に人と物を検分し、越えるにはいちいち書き付け（伝票）を必要とする。今も変わらない物流の原点は商業が発達し商人が栄えた江戸期に洗練されたことを思いつつ読んだ。時代考証が正しいのか否か私には判定できないが、そんなことを気にせずすんなり読ませる筆力がある。久仁は亭主の故郷へたどりつくも、そこに亡き人を知る者はなく、痕跡もない。嘘だったのだ。しかし久仁は夫を恨みはしない。かえって自らの女房としてのいたらなさを悔い、そのせいで夫は真実を語れなかったのだと思いやる。そんな濃やかな描写で和ませる。「春泥」はいつの時代も変わらない若者の自分探しだが、馬術という道具だてに個性があった。

受賞の言葉

松井　十四季
奈良県在住。

受賞の報せを聞いても不思議に何も感じませんでした、嬉しいという感情も自分には湧き起こらなかった。ケンタッキーフライドチキンを買いキリンビールを買って一人で祝杯を演じたもののさして美味しくはなかった。しかしながら光栄であり、すくい上げて下さった方々に魂からの謝意を申し上げます。

本作はプロットをボルネオ島の山奥で書き、日本で本文化したものになります。23のプロットから5作を連作とし文章にしたものの一つが「同調とバランス」です。漫画より早く絵本より深く読める作品にしたいと思って仕上げました。主題は対比です、対比構造から見える小さく薄い点を感じてもらえればと留意しました。さすがにこの年で女子高生ブログを研究するのは艱難辛苦の道のりでしたがそれ以外は素早く印象的に描けたかなと感じる。普段は工事現場で働いたり海外を一人で放浪したりガンダムのプラモデルを作ったりして過ごしています。本を読むのも書くのも苦痛ですが年々その時間が長くなったりしているのが不思議でなりません。書き上げた短中篇の77作品目が年始で凶を引いた年に受賞したのは何かの縁でしょうか、戌年にふさわしい作品かなとは思う。

同調とバランス

二〇一八年六月三十日　第一刷発行

著　者　松井十四季

発行者　やまなし文学賞
　　　　実行委員会

発行所　山梨日日新聞社
〒四〇〇-八五一五
山梨県甲府市北口二丁目六ノ一〇
電話（〇五五）二三一-三一〇五

ISBN 978-4-89710-638-0